JN205992

五行歌集

プロジェクション
マッピング

三葉かなえ

市井社

プロジェクションマッピング

目次

第一章　吐息の膜

散ってしまうより
きれいな形を残したいから
と　押し花になることを
選んだ恋
ただただ苦しい

「辻褄合わせの恋」
しかしていない
叶わない恋火《こいび》は
蓋をして消してしまう
臆病者

青い炎で
もやす恋文
涙が天へ
のぼるように
舞いあがる文字

改札機と
ピッ　と想いが通じた
定期券
私によって
引きはがされる

「ごめんね」の電話
かけようと決意した
視線の先の
荒れたごみ箱
私の心の実写化だ

私にとっての
「心を許す」は
心の殻を
少しずつ剝がして
相手に渡していくこと

かさぶたは
岩でできた孤島
受けた傷の
血潮がしずまったら
君に会いにいく

身体《にく》を
ちぎっては捨て
ちぎっては捨て
道に落としてきたのに
まだ私を見つけてくれないの？

今晩のビーフシチュー
「隠し味」は
チョコひとかけと思わせて
「隠し恋」
一ダース入れたの

チューリップの
めしべに座って
待つわ
花びら剝いで
見つけてほしいから

何億光年
離れた所からの
「愛してる」
気づいたときに
君は消えてる

あなた不足の
日は
チョコレートたっぷり
体に放り込み
自家発電

吐息の膜が
孕んだ
甘美な言葉に
からだの細部まで
騙されてみる

蜜を産み
甘くなった
りんごのように
恋を宿し
やさしくなる

第二章　秋の鱗

春が土の中で
準備した色は
「きいろ」
噴水のように吹き出し
菜の花が溢れる

一本一本丁寧につけた
絹のような花びら
ゆえに
やわらかく風に揺れる
ハルジオン

綿毛を見送った
たんぽぽは
落武者の化身
同じ地で苦しまぬよう
魂を散らす

初夏の夕日が
田んぼに映る
やわらかく
炎が揺れている中の
若稲の青さ

足に咲いた花は
日に日に色を変えてゆく
雨の日に
ぶつけてできた
あじさい色のあざ

雨もきっと話したい
トタン、空き缶
みずたまりに
落ちて
人のような声を出す

手からまっすぐ飛び立ち
夜空の鐘を鳴らす
打ち上げ花火は
流れ星を
空に還す儀式

大空を海と間違えて
高速でうねる
シロナガスクジラのよう
航空祭で泳ぐ
ブルーインパルス

桃を切ったときの
ピンク色は
芙蓉の花
ほどけるように
浮きあがる

電車の中に
緑の葉っぱ
誰が運んできたのか
こんな紅葉始まる季節に
「夏の落し物」見つけた

よく似てる
コスモスの花の
黄色い丸と
宇宙の中の
丸い月

紅葉の木が
月を包み込むように
枝を伸ばす
近づけはしないが
そっと支えるように

もみじ色や
いちょう色の魚が
空を泳いだのか
道端に落ちる
秋の鱗

紅がついたまま
むけた唇の皮
十月桜の
花びらのように
乾燥した空気に溶けた

イチョウに変装し
風を合図に
木から舞い降りた鳥
気づかぬフリして
秋は眠る

空に灯る
蠟梅の黄色
肺に入る
氷のような空気を
溶かすほどの光

切り開かれた山肌を
雪が覆い隠し
月の光が
一面を
花畑に変えた

「冬のさくらだ」
木に咲いた雪を見て
口々にいう
自然が作った世界が
人々を詩人にさせる

梅の木はまるで
生きる痛みが
全身をつらぬき
枝を伸ばすも摑めず
苦しみ抜いた果ての姿

胸に秘めたピンクの蕾
白無垢のような開花
お歯黒をおもわせる
薄い墨色で　散る
淡墨《うすずみ》桜は女をささやく

第三章　雲の額縁

雲の額縁に
入った青
雨が降ったら
額縁が消えて
青が溢れでるだろう

渓谷の上にある雲が
夕日にとけこむ瞬間を
川と一緒に見上げる私
時に少し止まってほしくて
指でそっと時計をかくす

山の上に
ゆりかごのような
三日月
夜になりきれていない空を
寝かしつけている

切り株の年輪
数えていたら
自分と同じ年齢のところに
ぴしっと伸びる
光る新芽

稲妻で焦げた雲を
夕焼けの海に
つける
神様だけの
シーフードカレー

庭のリュウノヒゲ
掻き分けると
青い実
荒れ狂う緑の海から
探しだした龍の玉

心の空洞にも
響き渡る
水琴窟の音《ね》
静けさを砕き
生命　満ちる

こんな姿を
見せるつもりではなかった
故郷を飛び出すも
荒波を刻まれ
しなびた流木

考え込む
眉間のシワは
波打つ畝《うね》
ポンッと飛び出す
ひらめきの芽

草刈りの後の
みどりの匂い
血が通っていたと
まがう程
生命の濃い匂い

第四章　深緑の氷山

滝が
一瞬で真っ白に
凍ったような
身がでてきた
おおきな蟹の足

ガタガタッゴットト
ちょっと古い精米機が
稲籾を吸い込み
白米にして吐き出す
炊く前なのに温かい

抹茶のかき氷
深緑の氷山
サクサクかき分け
苔むす湖
飲み干す

オオムラサキの幼虫の場所
うぐいの放流の時期
しめ縄の編み方
忘れかけていることを
故郷《ふるさと》は知っている

足は土にくい込み
手は薄い紅葉
ああ　生まれ変わったのだ
人間だったころの故郷
嵐山《らんざん》渓谷の木として

夜中の一時
鳴り響く踏切音
この時間までお疲れ様
車掌さんに心で呼びかけ
眠りにつく

「青大将にやられた」
翌朝　当たり前だった
「コケッコッコー」がない
実感が
枕元にひたひたと

少女の
まつげに
蝶の羽が見えた
まばたきがまるで
空を舞う羽ばたき

クジャクの背
大きな扇はまるで
一筋一筋
電気が通った
プロジェクションマッピング

書斎の窓から
今にも飛び立ちそうな
半紙と風の
つなぎ目を
そっと分断した文鎮

「お湿り」は
渇いた喉に
水を含み
潤ったような
ほっと息つく天気

まわりの栄養を盗んで
成長する
きのこに生えられ
何もできずに腐る
木となる

祖母の背負籠を
小さい手で押して歩いた
畑からの帰り道
籠の中のキャベツと目が合い
茜色のほほえみを交わした

祖母の骨ばった指
その第一関節を
撫でたとき生じた
春の風が
野のつくしを見せた

「書いちゃダメ」
何度、母に言われても
そこはキャンバス
曇った窓には
指から生まれる芸術達

「あれはシジュウカラ」
「ヒヨドリに、スズメ！」
父と作った木の箱に
みかんを乗せただけで
あちらもこちらも大宴会

第五章　星の精

おねぼうさんだから
もし蕾の中に
一泊するなら
朝顔がいい
ひらくとき目覚める

道場を飛び出し
大木の正面に立ち
「気」をもらう
手がじんわりと温かい
大地と呼応した

電車の中で「透明な壁」
私の手から出せたら
痴漢を防いで
寝ている人の頭をどけて
汚い言葉もシャットアウト

鬼気迫る
音楽に
私の
感情が
ひざまづいてる

アイアン・メイデンに
足だけ入ってきたよう
新品の靴を
脱いだあとの
血まみれ

信号機は女の子
ウインクして
いつも合図する
ダメ、どうしよう、良いよ
色で機嫌がわかる

久しぶりに友人に会ったような
つんとする香りと
湯気と共に登場する白い光を
つい頬張ってしまう
白米、炊けました

トマトのヘタは
その不恰好な手足で
民族ダンスを
踊り続ける
星の精なのだ

あの雲は
ここではない
どこかで地に帰る
雨は
落ちる場所を選べない

雨粒が
玄関横の鎖樋を
つたい歩きして
土を穿つことなく
そっと降り立つ

波を起こし
人間を拒む
軍艦島
肩の力を抜き
緑に心を許すつもりだ

黒髪が
しぶきのような白に変わる
年月《としつき》
ひたすら岩場で
海苔を摘む

「1000年残るものを」と宮大工信念が完璧を建てる

ほそい雨が刷られた瞬間
地響きのような雨音
橋の上では人が走りだす
広重の浮世絵は
動画となる

老松の
組子に
光が当たった瞬間
陰影の奥行きを
瞳がとらえた

第六章　生きている証

ピアノの鍵盤を
たたくように
心をノックする
途切れそうな音色が
語りかけてくる

ろうそくは
時をしめす
火が消えたときが
すべての
終わるとき

砂時計の砂が
揺れる
時間の奴隷となった人生に
一瞬の
ゆらぎを与えるように

気力を燃やし続けるには
薪をくべねば
伸ばした手が
もう疲れたと
むせび泣く

ことばを抱いたまま
瓶に入り
海面に浮かぶ
どこの岸にもつかない
焦り焦り焦り

盆石に
写し取られた
刹那の美
はかない砂は
人間の細胞のよう

ココロが
靴ずれしたようで
血が滲む
痛みはあれど
止まってはいられない

どんなに腫れても
痛くて夜飛び起きても
癒えると
痛みを忘れてしまう
「当たり前」のありがたさと共に

思い描いていたようにならないと
捨てるという人がいる
反抗する子
何もしてくれない旦那
芸を覚えない犬

始めは同じ
みんなまっしろ
生まれ落ちた
場所が変えてしまう
赤ちゃんと雪

過去からの
風が
風鈴に集まる
何か伝えたがっている
亡祖父《そふ》の音がした

ずっと幼い頃
生きるのも死ぬのも
怖くなり
生きている証のため
詩を書き続けた

墨をぬって
和紙をおしあてよ
心が傷だらけなのは
人生の版画を
刷るためなのだから

第七章　破壊と誕生

私の精神は天にいて
この身体は借りている器
無意識に
それで生きていたときがあった
何でも耐えられた

調子にのらないように…
目立たないように…
あれ？
「嬉しい」って感情
どう　アラワスンダッケ

口から出る
言葉が
減っていく
飲み込んで
もう窒息寸前

切り刻まれ
泥をかけられ
ぼろ雑巾のような心だけど
縫って洗って干して
カラっとした私がいる

ほめてくれない妹が
「お姉ちゃんが頑張る人じゃ
なかったら　私だって
こんなに頑張らなかった」
ちょっと自分に胸をはれた

急な斜面にある
ほっと息つける杣《そま》
登り続ける
人生の中での
家族のようなものだ

えんぴつではなく
墨で書いてきた
消せない歩み
ジグザグの軌跡が
星の形になっていればいい

「群肝《むらぎも》」は
血に
足がはえて
這いずり回っているような
生を感ずる

『壬生義士伝』
あの若さでの
志
現代の武士となるべく
芯を持って生きたい

お金も
若さも
持っていきなさい
詩歌《あなた》にだけ
愛されたいの

破壊と
誕生
同時に起きる合図
ぴきっ
卵に入ったひび

跋文

草壁焔太

最初に編まれた草稿を見たとき、私はある展覧会にきて、いままでにない美を見たという気がした。彼女の歌は色彩的で、彼女の心をとらえた物の色が彼女の祈りを帯びて美しい。その物に対する愛があるからであろう。

空に灯る
蠟梅の黄色
肺に入る
氷のような空気を
溶かすほどの光

足は土にくい込み
手は薄い紅葉
ああ　生まれ変わったのだ
人間だったころの故郷
嵐山《らんざん》渓谷の木として

クジャクの背
大きな扇はまるで
一筋一筋
電気が通った
プロジェクションマッピング

物の存在を愛し、ため息が出るほどの色合いを感ずる。その存在を保証するために美を与えているかのようである。

私より五十歳以上若いこのうたびとは、幼い頃から、生きること、死ぬことに怖さを覚え、生きている証として詩歌を書き続けて来たという。彼女が物の美しさを保証するように歌を書くのは、まわりの物を自分自身のように感ずるからであろう。

私も幼い頃にうたびとになる決意をしたが、同じように生涯詩歌を書く意思をもっていたとしても、その在り様はまったく違う。私自身はこんなふうではなかった。だから、見たこともない美を展開するこの展覧会に驚き、いままで見なかった美に感動した。

彼女は、最終的なまとめで、恋愛をテーマにした歌を最初に持ってきた。それだけでなく、歌がすこし変わった。そこで、展覧会のイメージは第一のものとはならなかったが、そこに生きている人間がまず顕れた。

こうでなくてはなるまい、と、私は呟き、彼女自身が具体的になったような気がした。

身体《にく》を　　　　　蜜を産み
ちぎっては捨て　　　甘くなった
ちぎっては捨て　　　りんごのように
道に落としてきたのに　恋を宿し
まだ私を見つけてくれないの？　やさしくなる

恋は我々の身体が我々に命ずるものである。それは我々に人生を持たせようとする。展覧会の絵では終わらせないであろう。誰もが人間であることから始め、人間を生み出そうとするのだから。

彼女は五行歌を書きはじめて、十年もして私に会い、歌の仕事をするようにもなった。彼女はいつも予想もできない歌を創る。私には五十年後のまったく違ったうたびとである。私はこのことが嬉しい。本を読むときに、次の頁がまったくちがった世界を示し、別の感動を与えるとなったら、その本を手離すことはできないであろう。

私にとって、彼女はそういう毎日ちがった頁を見せてくれる本である。

『壬生義士伝』の武士のように、歌への志を持って生きたいという意思。これも嬉しいことだ。だから、歌がいつも鮮《あたら》しいのであろう。その意思の変わらぬかぎり、いつまでも応援し、その示す歌から想像もできないような感動を味わいたい。

彼女の歌に楽しみを覚えている人は、もう数少なくなく、いずれは人みなが楽しみを覚えるようになるであろう。

「同じ道を、君自身の歌で歩いていってほしい。」

あとがき

人の目ばかり気にして、びくびくしている。そんな子供だった。誰かの言葉で傷つくことによって、それだけ自分も相手を傷つけている可能性があることが恐ろしく、だんだんと口数は減っていった。

話すことだけでなく、私には苦手なことが多い。ただそれを少しでも克服したいと立ち向かい始めたのは、ちょうど十六歳ごろ。この歌集に入っている歌を書きはじめたあたりだ。それがすべて詰まったような文月悠光《ふづきゆみ》さんの帯文を引用する。

繊細でありながら、果てしなく勇敢なことば。痛みにも目を背けることなく、世界を信じて、よりそっている。

初めて読んだとき、自分の生き方を肯定してもらえたような、救われたような気がした。それと同時にこの歌集におさめた歌はすべて、今まで生きてきた私自身を投影しているのだと感じた。

人それぞれの生き方によって、投影されるものは違う。

草壁焰太先生がよく「人柄が良い歌を書かせる」とおっしゃる。今後の私の生き方、それによって培われる人柄次第で、歌は変わっていくのだろう。

プロジェクションマッピングは、実物に映像を投影して新たな世界をつくりだす。読んでくださる方にとって、私の歌がそんな効果を持つものになっていきますように。

最後になりましたが、いつもお世話になっており、跋文を書いてくださった草壁先生、帯文を書いてくださった文月悠光さん、イラストを描いてくださった柴原ののはさん、装丁してくださったしづくさん、刊行にあたりお力添えいただいた定行恭子さん、五行歌の会・事務局の皆様、応援してくれる家族・友人に心からお礼申し上げます。

そして、ここまで読んでくださった皆様、本当にありがとうございました。

二〇一七年九月十七日

三葉かなえ

五行歌五則

一、五行歌は、和歌と古代歌謡に基いて新たに創られた新形式の短詩である。

一、作品は五行からなる。例外として、四行、六行のものも稀に認める。

一、一行は一句を意味する。改行は言葉の区切り、または息の区切りで行う。

一、字数に制約は設けないが、作品に詩歌らしい感じをもたせること。

一、内容などには制約をもうけない。

五行歌の会　http://5gyohka.com/
全国 100 ヶ所以上に歌会があり、各地で定期的に開催されています。五行歌の会では、月刊『五行歌』を発行し、同人会員の作品や、各歌会やイベントのようす等を掲載しています。ほかに、新聞、雑誌、Web 等の五行歌欄や、五行歌作品公募のご案内もしています。詳しくはホームページをご覧ください。

三葉かなえ（みつば・かなえ）

1990年、埼玉県生まれ。

明治大学文学部卒業。

小学5年生から詩作をはじめ、高校1年生のときに読売新聞の投稿欄で五行歌と出会う。

現在、月刊誌『五行歌』同人。

詩歌以外にも、朗読イベントへの参加やウェブメディアでの連載を積極的に行っている。

（撮影 茅野剛）

五行歌集
プロジェクションマッピング
2017年11月7日　初版第1刷発行

著　者　　三葉《みつば》かなえ
発行人　　三好清明
発行所　　株式会社 市井社
〒162-0843
東京都新宿区市谷田町3-19 川辺ビル1F
電話　03-3267-7601
http://5gyohka.com/shiseisha/

印刷所　　創栄図書印刷 株式会社
イラスト　柴原ののは
装丁　　しづく

© Kanae Mitsuba 2017 Printed in Japan
ISBN978-4-88208-151-7

落丁本、乱丁本はお取り替えします。

定価はカバーに表示しています。